Merci

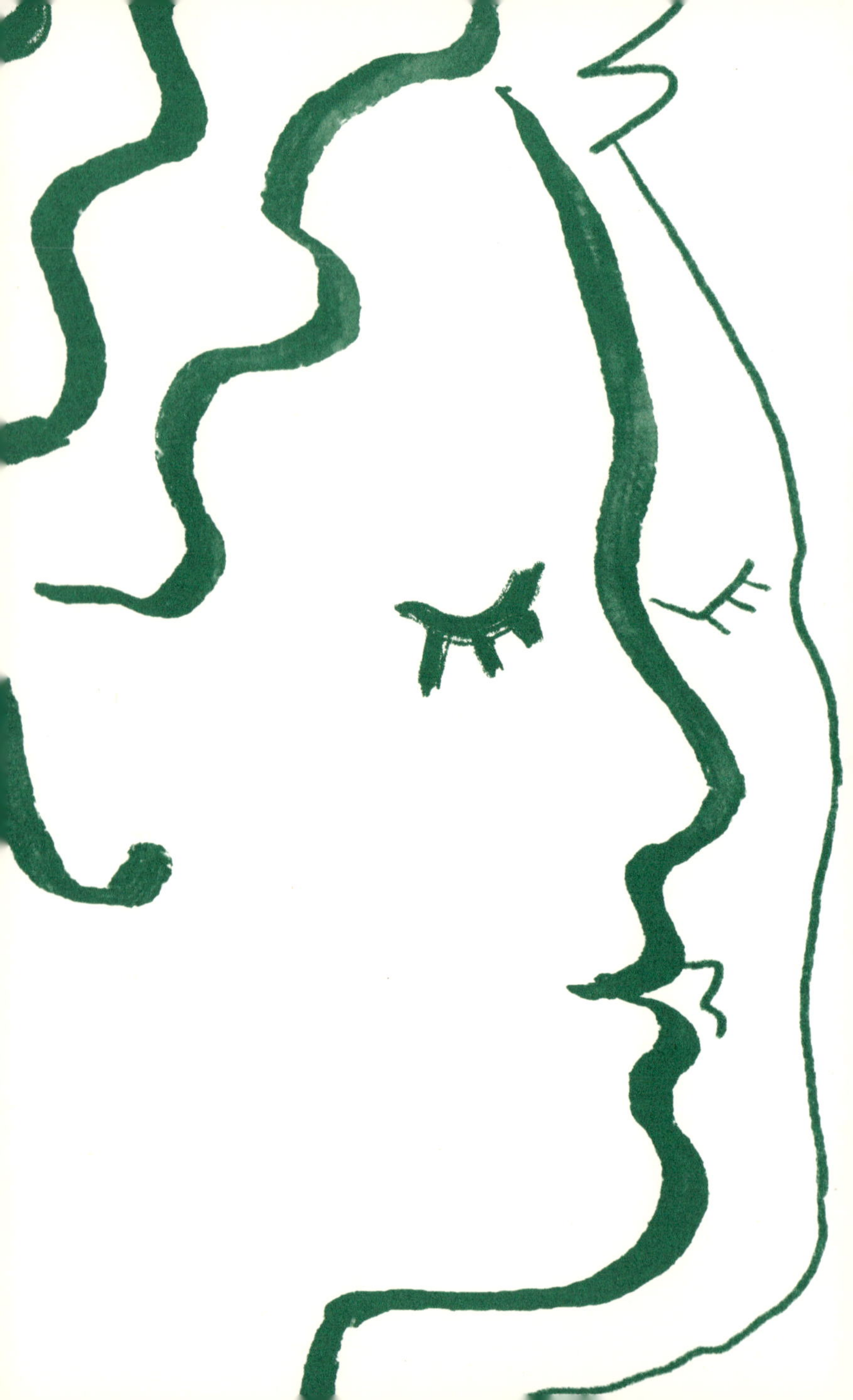

ROBERTSON
FRIZERO

Merci

Porto Alegre ● São Paulo 2024

Não vemos as coisas como elas são, mas como nós somos.

— ANAÏS NIN

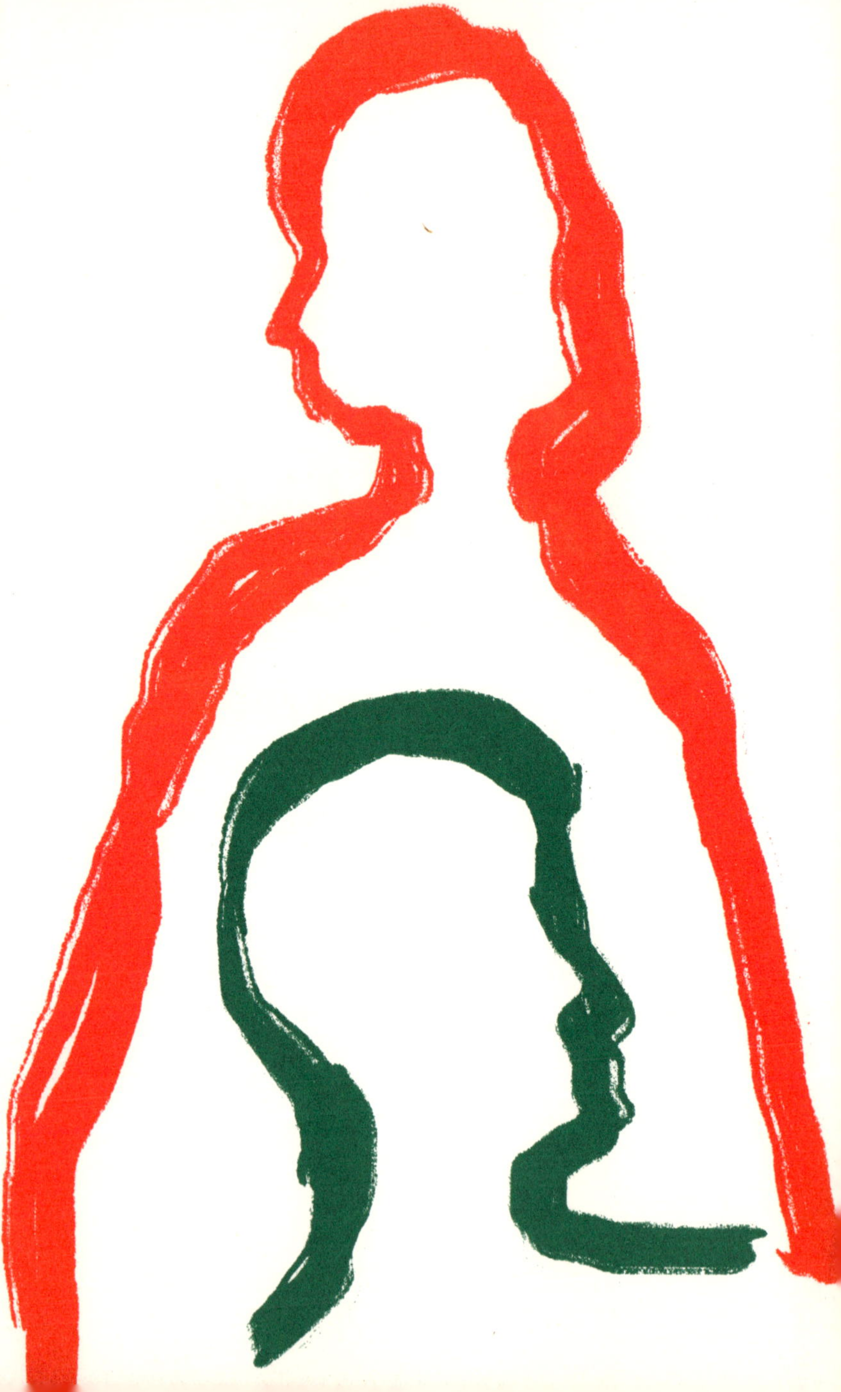

ontem

Merci
Minha mãe chamou
o bebê que eu era
assim
por alguma razão que desconheço
pois desconheço
a razão
e a minha mãe
— a razão do abandono
e de falar do abandono
justo agora que

Oremos: Senhor qualquer que nos guia
eu agradeço
por ter recebido um nome
que me veste
não importa quem eu seja hoje.

Pois justo agora que
a mãe que eu conheci
me ligou para avisar que
a mãe que eu não conheci
está morta
e não hoje
mas há dez anos

Merci passou dez anos
assim passei dez anos
procurando à toa
depois de dez anos
vivendo na paz ignorante
de não saber que

Lembro de um verso perfeito
Preciso ser um outro
para ser eu mesmo

Não saber que
a mãe que eu conheci
não era mãe, mesmo sendo
e a mãe que eu não conheci
era mãe de carne e sangue
apenas
isso era a paz ignorante

Merci podia dizer
eu podia dizer a você
que tive uma infância dura
sofrida sofrida e sórdida
pois tragédia vende
constrói piedade
abre portas
mas a paz ignorante
me protegeu de tudo
como a mãe que eu conheci

me protegeu do pai
que esgarçou na vida
a mãe que eu não conheci
a ponto dela nunca ter largado
meu pai
homem

Merci tinha sete anos
eu tinha sete anos
ele me descobriu
ele quis me conhecer
mas não ia gostar
do que ia ver
fiquei sete dias
nos fundos da casa
até ele ir embora
até ele parar de rondar
ameaçar minha mãe
a mãe que eu conheci
e ela enfrentar o homem
e ele então ir embora

ele queria me levar
ela gritou que eu não existia
(depois me explicou
tão doce
que eu existia, sim
que era coisa
para afastar o homem
que ele não ia entender
o jeito como eu era)

homem não presta
a mãe que eu conheci
leu isso na Bíblia
em algum lugar

Oremos: Santo Antônio
santo casamenteiro
santo dos milagres
damos graças
por deixar sozinha e carente
solteira e caridosa
a mãe que eu conheci.

Merci devia
eu devia ter gratidão
por não ter sofrido
mesmo sem ter tudo
eu tinha alguma coisa
tinha a mãe que conheci
e comida na mesa
e brincadeira no pátio da escola
e tinha escola
e coisas que aprendi bem
na escola primária
a brincar
a ler os livros
a desenhar bem a letra
a rir dos estranhos
por eu não ter sofrido
e coisas que aprendi bem
na escola secundária
a fumar
a ler as pessoas
a ser chacota dos meninos

por não ser bem menino
a ser chacota das meninas
por pura inveja
dos meninos que se esfregavam
no pátio da escola
em mim
sem querer
sem eu querer

Mas não tive gratidão
quando aos dez anos
soube por uma tia
irmã da mãe que eu conheci
que ela era seca por dentro
ela, minha mãe, não a tia
(essa tinha cinco filhos
todos deram para o crime)

Lembrei dos evangelhos
De manhã cedo, quando voltava para a cidade, Jesus
teve fome. Vendo uma figueira à beira do caminho,
aproximou-se dela, mas nada encontrou, a não ser

folhas. Então ele disse: "Nunca mais dê frutos, desgraçada!".

Jesus não diria desgraçada
mas imaginei sempre
ele golpeando com uma palavra-trovão
para secar o útero
de uma mulher tão boa
como a mãe que eu conheci

(também são boas
as tristes árvores
que dão apenas folhas)

Merci, que ingratidão
eu fui pura ingratidão
era a primeira vez
que eu tinha uma razão
para sofrer como criança

então não era minha mãe
quem eu dizia mãe

mas os homens
não prestavam mesmo
isso era fato bíblico

(aos oito anos
a mãe que eu conheci
devota devota e boa
me tirou do catecismo
quando uma freira afirmou
que gente assim como eu
ou abraçava a pureza
ou mergulhava no inferno
por ser assim como eu era
dava-lhe engulho
tratava-me como entulho
e a mãe que eu conheci
sabia que eu não tinha escolha)

buscar minha mãe
a mãe que eu não conheci
virou minha razão de ser
mesmo sem sair de casa

mesmo sem procurar por nada
mesmo sem contar a ninguém
mesmo sem levantar da cadeira
ou gritar palavra de ordem
ou revoltar-me com a casa
o quarto
a comida
qualquer coisa

Declarei estado de busca
da mãe que eu não conheci

Em silêncio
para não perturbar

Lembrei de um poema
que me cortou um dia
Sinto hoje a alma cheia de tristeza!
Um sino dobra em mim Ave-Marias!
Lá fora, a chuva, brancas mãos esguias,
Faz na vidraça rendas de Veneza...

Aos vinte anos
ninguém deveria
pensar na morte
e morte de mãe

Pois eu não penso
Hoje
aos vinte anos
a notícia da morte
bateu no fundo
de uma cratera repentina
que ninguém explica
(dessas que dão no jornal
que crescem quatro metros
em uma única manhã
e o povo morre de medo
de ser o início do fim
e batiza logo o buraco
de portal dos sete infernos)
e não tem fundo que ressoe
a notícia da morte

a bater
repentina
no fundo
da cratera

Merci tinha dez anos
eu tinha dez anos
quando comecei a busca
e a mãe que não conheci
já estava morta

Só hoje
recebo o recado
hoje, agora

e eu não disse nada

Para encontrar
a mãe que não conheci
a mãe que me pariu
ou me cuspiu, não sei
eu preparei

mochila de viagem
por cinco anos
deixava pronta
embaixo da cama
comida água troca de roupa
endereço sem nome
rasgado na pressa
da agenda secreta
da mãe que eu conheci

de tempos em tempos
trocava a comida
punha água nova
no cantil velho
como se a guerra
tivesse sido adiada
para depois
do fim de semana ensolarado

Enquanto esperava lia
livros e mapas de viagem

A mochila
dava a impressão
de que eu me importava
de que procurava
de que um dia
a mãe que eu conhecia
ia acordar e eu simplesmente

Na biblioteca
eu listava
os livros que me fariam
encontrar o que buscava
conforme ia ouvindo
fiapos de conversa
(a moça do balcão deixava
eu ler livros de adultos)
para encontrar minha mãe
a mãe que eu não conheci
a mãe que não me quis
engoli de tudo
de Bovary a Tieta
de Tieta a Xaviera

A mochila
tinha também
algum livro que eu
roubava da biblioteca
toda semana

lia três vezes
cansava
devolvia
trocava por outro
quando trocava
também a água

Oremos: Saúdo ao senhor
Tranca Ruas das Encruzilhadas
que trancou minha inocência
naquele quarto
até eu ter pernas mais fortes
e carnes para ganhar dinheiro
dos homens que não prestam.

Merci enganou-se
eu me enganei
por cinco anos
até que ter uma mãe
mulher da noite
que não conheci
pareceu menos podre
que ser cria de mulher boa
que cria filhos dos outros
para preencher o útero seco
e fugi
assim
pela porta da frente
com a mochila da escola
sem comida
nem água
nem roupa que importasse

Só eu e Orlando

Deixei a mochila de fuga
embaixo da cama
só para a mãe que eu conheci
contar depois para a tia
(a que tinha cinco filhos
todos versados no crime)
que nunca suspeitou
de minha rebeldia

Merci: ingratidão
devia ser teu nome
na língua dos outros

Lembrei desses versos solidários
a mulheres como ela
a mãe que não conheci
rimando lua com rua
E às vezes cantais uivando
como cadelas à lua
que em vossa rua sem nome
rola perdida no céu...

(acho bonito o "cantais"
mas
depois que ganhei malícia
"rola perdida no céu"
assim sozinho
virou riso engasgado)

Minha mãe
a do sangue
e do ventre provisório
era uma dessas cadelas
que o poeta via uivando
uma cadela
que fugia como uma ladra

Quase sentia seu sopro
ao chegar nos inferninhos
onde ninguém é santo
e as mulheres são sempre
as menos pecadoras
sempre diziam que ela
ali mesmo

pouco antes
tinha abandonado
as madames e as dívidas
que lhe inventavam
sempre mentiam que ela
(só hoje descobri que)

Muito tive que fugir
dos que achavam
que eu ia pagar
o que a mãe que eu não conheci
tinha deixado
de herança maldita

(eu aos dez anos
não sabia nada
depois descobri um nome
aos quinze
quando fugi
um endereço na agenda
da mãe que eu conheci
a igreja onde me largou

a mãe que eu não conheci
do outro lado da cidade
bebê inútil
em uma toalha
de time de futebol
depois soube o nome de guerra
que ela uivava de noite
para levar dinheiro
para o meu pai que não presta
depois o outro nome, e outro
e mais uns três nomes falsos
que ela usava ao fugir
e a cada nome
eu ia atrás
de inferninho em inferno)

As madames eram boas
davam um prato
de arroz com mistura
perguntavam a idade
diziam que eu não parecia

As meninas me adoravam
pareciam mães me cuidando

Quando o dono era homem
eu corria ou sumia
no quarto de alguma delas

Eu ficava com o Orlando
em qualquer fiapo de luz
até cedo da manhã

Uma madame disse
certa vez
que eu tinha jeito para a coisa
e que a coisa dava dinheiro
que sempre tinha senhor
muito rico e bem discreto
respeitador até
que gostava de coisinhas lindas
bem do meu jeito
me deu um dinheiro
só para sentar no colo

de um que era bem conhecido
de quem sabia ler jornais

Ele gostou
eu senti rápido
que ele gostou

Fui ficando

Madame ganhava dinheiro
provocando os homens
eles queriam Merci
(quando disse meu nome
no primeiro dia
ela riu sem os dentes de trás
e falou para as meninas
que eu nasci com nome da noite)

Temos de rir. Senão a tragédia vai nos fazer voar pela janela.

Madame tinha sido bela
(diziam algumas meninas
que já pertenciam a ela
quando ainda não era morta)
não me deixava ir à porta
e nunca permitia
eu me deitar com alguém
me tratava como cristal
dizia que era um luxo
coisa lá da capital
ter um amuleto assim
num cabaré da serra

Ganhei seu afeto
gostava de almoçar com ela
os pratos mais fartos
de noite circulava no salão
com roupa de quem-é-essa-coisinha-linda
e sentava nos colos
dos clientes mais recheados
como ela havia ensinado

Não me deitava nunca
só colo e champanhe
que eles bebiam
até perderem tudo

Eu nunca
ordens da Madame
(dizem até que ela arrancava
uma nota preta
dos que se perdiam tanto
que nem se lembravam
e ficavam com medo
por eu ser de menor)

Madame pagava
com livros
qualquer que eu pedisse
e outras regalias
(eu lia de tarde
para as moças da casa
que não conheciam as letras
quando juntadas)

"Ela viveu como pecadora, mas morrerá
como cristã."

(Choraram choraram tanto
com *A dama das camélias*)

Merci foi ganhando fama
eu fui ganhando fama
o que ninguém tem
todo mundo quer

Oremos: Santa Maria Madalena
tu que não foste
o que diziam que tu eras
e que foste bem mais
do que nunca quiseram aceitar
obrigado pela graça alcançada
de ser virgem noite adentro
e viver do pecado dos outros.

(a mãe que eu não conheci
sumiu por muito tempo
das minhas preocupações
que ser tentação
todas as noites
faz sumir
todo aquele outro mundo
além dos cortinados)

Dois anos vivi com Madame
muitas meninas entraram
outras muitas saíram
(todas me admiravam
como peça de presépio)
nem eu saí do cabresto
nem a cadela minha mãe
que não conheci nem na noite
uivou pela nossa porta

afinal já estava morta

Lembrei de um soneto
que estranha
a memória da tristeza
Os amantes das prostitutas
São felizes, dispostos, fartos;
Quanto a mim, fraturei os braços
Por haver abraçado nuvens.

No dia em que veio o tapa
a busca
da mãe que não conheci
voltou de repente

o tapa
foi no meu aniversário
de dezoito anos

Madame ia leiloar
minha virgindade
e eu disse que
não tinha essa vontade

Fugi de branco
com a roupa da encenação
e o dinheiro escondido
o pouco que fui guardando
dia após dia
do que Madame depois
ia mesmo me roubar

Deixei os livros por lá
(Madame por certo queimou)
veio só o meu Orlando

Três anos na noite
(na noite se perde
a noção do tempo
nela não há ponteiros)

Três anos inteiros
sem pecar
virgem de branco
fui morar na pensão

("Merci.
É nome mesmo.
Sim, senhora.
Não tenho bagagem.
Cheguei hoje.
Da serra, senhora.
Mas pago adiantado.
Fico neste pequeno.
Não gosto mesmo de gente.
Não para dividir.")

Sem querer
Madame pagou minha ida
para a capital
a mãe que eu não conheci
cochicharam umas lobas
tinha descido a serra
agarrada no seu macho
ou arrastada
outras diziam

Na capital
Merci não quis
eu não quis uivar

Com a fuga
enriquei
podia pagar a pensão
por quase um ano
e comeria até bem
com o dinheiro escondido

Preferi gastar pouco
ter algum guardado
para sumir de repente
e arrumei trabalho
longe de colo de velho
ou de ordem de madame

A capital
muda a gente

(Orlando era bonito
e era único
era o que eu mais amava
só me incomodava
aquele carimbo vermelho
"Pertence à Biblioteca do Grupo Escolar"
até o dia
em que vi Orlando
outro Orlando
da mesma Virginia
na vitrine de um lugar
dizia o balaio
usado
a etiqueta trazia
que ele valia
poucas patacas
— não o meu
gritei para o vidro
não para mim)

Na capital
aprendi
que tudo era multiplicado
e igual
a mãe que eu não conheci
devia ter vindo
se dividir
diminuída
pelo meu pai
aquele resto
que não soma
que não presta
homem

Oremos: Nossa Senhora
Madre de Deus
que mora aqui mesmo
na rua da pensão
qualquer dia visito a senhora
mas por ora
não tenho coragem não
igreja grande demais

ora pro nobis
pecadores.

Vesti roupa
de gente normal
para trabalhar
Na capital
tudo é sério
tudo é louco
você pode ser quem quiser
menos se tiver
uma bandeja na mão
menos se estiver
atrás de um balcão

O Lito também
limpava mesa
tomava pedido
ouvia desaforo
consolava bêbado
das seis às quatro da manhã
entrou um mês antes

mas já era veterano
em arrancar gorjetas
e aguar os drinques
atrás do balcão

O Lito também
percebendo que Merci era
eu era um zero
na capital
e na vida
quis coletar gorjeta
da minha ingenuidade

Eu deixei
confesso
Merci deixou ele ver
o que os velhos enxergavam
nos tempos de Madame
ele olhava
com o olhar
dos meninos que me esfregavam
suas vontades

sem querer
sem eu querer
no pátio da escola
dos ricos de colo fogoso
dos clientes mais bêbados
dos homens da pensão
tentando me decifrar

(será que foi
minha
a culpa
desses desejos?)

O patrão gostava
de Merci
disse uma vez
para a esposa
que eu chamava cliente
sendo do jeito que eu sou
diferente
coisa boa em um bairro
de gente tão à toa

riu a raposa
entredentes

Não me dirigiam
palavra
quando não estava o patrão
os outros todos
e o Lito
na frente dos demais
mal falava comigo
mas entre o balcão e a cozinha
no depósito
ou na dispensa de louças
não me dava paz
Lito acuava a presa
cercava Merci
sem me saber
virgem da alcateia
em pele de cordeiro
nunca sacrificado

Oremos: Cordeiro de Deus
que tirais o pecado
tende pena dos que
tiram a paz de nós.

(Que importa
ter uma mãe?

A mãe que eu conheci
não me contaria da vida
porque ela não teve vida

e a mãe que eu não conheci
me contaria
de uma vida tão torta
sofrida sofrida e sórdida

Nenhuma me prepararia
nem para a dor
nem para a delícia)

Lito
primeiro ignorava
depois bolinava
por fim agradava
em segredo
dizia que me amava
e voltava a fingir
que não me tolerava

tentativa
e erro
tentativa e erro
mas
nada

Merci deixava
eu deixava
ele tentar encontrar
a melhor posição
para o bote
e escapava
como grana nos dedos
dos velhos babões de Madame

eu via seu entusiasmo
por baixo do avental
(e de outros também
que
por medo dos demais
em segredo
pelas minhas costas
em pensamento
me engoliam)

Merci foi ganhando fama
eu fui ganhando fama
o que ninguém tem
todo mundo quer

Lito devia ter pedido
para eu sentar no seu colo
não pediu
quis ter à força
mais que o colo
quis voz de capataz
rasgar minha roupa

feito quem manda
prender meus pulsos
posse de dono
ter minha carne
servil
tremendo de medo
de ser do macho
que ele não era
mas bem queria

Homem
não presta

Aprendi com Madame:
primeiro
o joelhaço
depois
a ameaça
— e nenhum
desses que não prestam
homem
fica para ver

a faca
arrancando-lhe fora
a promessa
de filhos como eles

Lito não ficou
sumiu no mundo
nem pegou a féria
da semana inteira

Oremos: Judite,
tu que não dizem santa
mas que estás lá na Bíblia
(e por isso sabe bem
que não há homem que preste),
que decepou Holofernes
para salvar teu povo,
eu agradeço por teres
poupado a minha faca.

Quando a mãe que eu conheci
me descobriu na capital
hoje
telefonou
disse que sempre me amou
e sempre iria me amar
pediu para eu voltar
eram cinco anos já

Eu não disse nada

ela ficou calada
depois contou a verdade
que a mãe que eu não conheci
morreu faz dez anos
quando eu tinha dez anos
e ela soube todo o tempo
pediu perdão
tinha medo
de eu sumir no mundo

Eu não disse nada

Ela ficou calada
depois contou que a mãe
a morta
a que eu não conheci
emprenhou de mim aos quinze
do meu pai que tinha trinta
e era amigo do pai dela
que a vendeu para uma dona
que leiloava meninas
para clientes conhecidos
de quem sabia ler jornais

meu pai arrebatou
o leilão da minha mãe
por menos de cem reais
e a mãe que eu não conheci
ficou eternamente grata
(pensou que as mãos do meu pai
não seriam lamacentas
como as garras do pai dela)
não desgrudava do homem

nem amarela de dor
nem vermelha de chaga
nem roxa de presa fácil
sofrida sofrida e estúpida

Eu ouvi, não disse nada

Ela ficou calada
depois contou que a mãe
a que eu não conheci e por quem choro
em silêncio toda noite
agora que sei sua história
em pouco tempo já era
quem sustentava com o corpo
a casa e a derrota nas cartas
do homem
do mesmo pai
que nos meus sete anos queria
fedendo a ódio e aguardente
conhecer o fruto de carne
que ele mesmo mandou
a mãe que eu não conheci
jogar na porta da igreja

Eu não disse nada nada
para a bondosa senhora

Ela ficou calada
pediu desculpas, coitada
disse que homem não presta
ficou de ligar qualquer hora
(pediu para eu não ir embora
sem antes falar com ela)

Senhor Deus dos desgraçados!
Dizei-me vós, Senhor Deus!
Se é loucura... Se é verdade
Tanto horror perante os céus...

Eu sou pura ingratidão
Merci é pura ingratidão

Oremos: Santa Inês de Montepulciano
que aos nove virou freira
que aos quinze virou madre
que fazia brotar rosas

onde quer que se ajoelhasse
que batizou prostitutas
que fez de um bordel
convento
que mesmo depois da morte
teve seu corpo incorrupto
em que vermes
ou demônios
não puderam banquetear
eu peço
santa esquecida
que olhe por minhas mães
aí na tua outra vida.

hoje

No meu quarto de pensão
fiquei pensando
noite afora
em quem passou

nem Orlando me consola

Olho para mim no espelho
fico buscando que parte
será fruto do meu pai

será fruto da minha mãe
da mãe que não conheci
mas eu só vejo Merci
sempre vi apenas Merci
e isso já me bastava

(porque agora
essa mãe morta
me fez querer tanto tanto
o que nunca foi problema
querer uma explicação)

Eu ganharia mundo
Merci ganharia mundo
não fosse a vontade nova
de ver a mãe falecida
e o demônio feito homem
que a esgarçou nesta vida

A mãe que eu conheci
a mãe que eu reconheço
telefonou outra vez

hoje de manhã
às seis
e eu falei gratidões
e umas palavras doces
que minha garganta seca
não tinha regurgitado

perguntei do passado

ela disse que minha mãe
a mãe que eu não conheci
tinha de fato me amado
(era um bebê embrulhado
com muito cuidado e carinho
naquela toalha de time
talvez o bem mais precioso
que naquela pobre vida
sofrida sofrida e sórdida
ela me dava de herança)

não consegui dizer nada

ela disse que minha mãe
a mãe que eu não conheci
quando eu ainda era criança
tinha um dia se aproximado

(era ela olhando de longe
uma moça fraca e triste
do outro lado da praça
depois veio assustada
não disse nada
sorriu
disfarçando mal o choro
quis saber
para que time de futebol
eu torcia
Merci tinha só dois anos
e a mãe que eu conheci
estranhou mas entendeu
me abraçou com muita força
força de não me arrancarem
e a outra saiu correndo
mas antes disse

obrigada
falou isso com carinho
apontou bem para mim
repetiu
muito obrigada

mais tarde uma senhora
que cuidava da igreja
comentou de uma tal moça
bem cedo daquele dia
perguntando de um bebê
deixado nas mãos de Deus
enroladinho em toalha
ali na escadaria)

não consegui dizer nada
meu corpo todo tremendo

ela sentiu meu silêncio
pediu para eu anotar
deu um endereço distante
dois ônibus para pegar

me desejou boa sorte
pediu para eu me cuidar

(a tia dos cinco filhos
que hoje estão irmanados
na prisão da capital
descobriu
casualmente
onde se esconde meu pai)

Fui no local indicado
sem ter nome de ninguém
o sol brilhava tão forte

Na rua que eu tinha escrito
meu rosto era conhecido
a quem eu perguntava diziam
que eu era igual à senhora
que cuidava do marido
e do filho sempre bêbado
que só podia ser lá

Oremos: Fortuna, diga,
por que me trouxeste aqui
deusa do acaso?
Deixa-me viver mais
dez longos anos
de paz ignorante.

A senhora recebeu-me
com compreensível espanto
ninguém jamais visitava
seu esposo entrevado
eu disse apenas que era
parente distante
para então entrar na casa
e confrontar o meu pai

mas ela sorriu
fez eu sentar
serviu bolo
e um café maldormido
aguado como meu amor
por aquela avó assombrada

sofrida sofrida e doce
acariciou meu rosto
disse que eu lembrava muito
uns parentes de bem longe

(não conseguiu ver Merci
como seu espelho límpido)

me levou para ver o velho

era um fiapo de homem
daqueles que já se foram
deixando o corpo para trás
os olhos já não olhavam
quando a senhora lhe disse
que eu vinha fazer visita
veio um som de dentro dele
que já não era humano
pobre rascunho de vida
nem como avô me servia

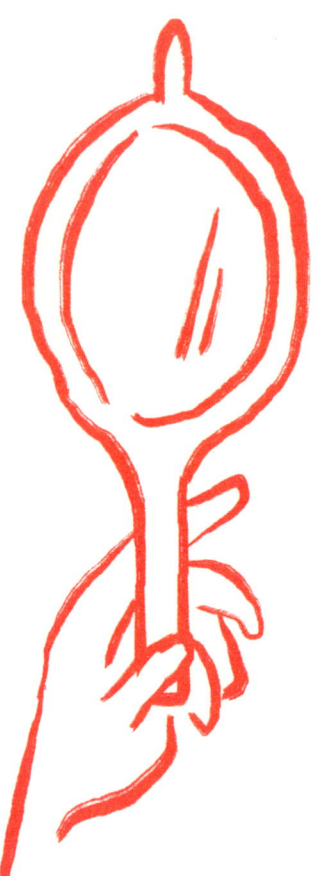

parecia a figueira seca
que ela aguava com carinho
até a última folha

perguntei então do filho
como quem só alonga a prosa
(o tal que disseram bêbado
todas as horas do dia)
ela toda suspirou
uma tristeza rasgada
como o véu do templo
na morte de Jesus Cristo
e apontou o sofá
da sala desordenada
onde ela nem quis entrar

o homem
grunhia
e roncava
não havia nada
que eu pudesse
que Merci pudesse

querer dele
do sorriso tolo
descia uma baba espessa
devia sonhar
o canalha

talvez
em sonhos
ainda escravizasse minha mãe

Judite

a senhora disse
da cozinha de onde veio
um cheiro de conto amargo
o nome lançado ao ar
boa moça, muito jovem
para o bêbado
seu filho
ter se aproveitado dela
tão nova despreparada
mas já nesse tempo

dizia
a senhora envergonhada
ele tinha abandonado
os velhos
já muitas vezes
sempre roubava tudo
que eles tinham em casa
depois sumia para longe
subia a serra diziam
para ganhar fortuna
para fugir das dívidas
nas mesas de carteado

daquela vez
veio a moça
arrastada
mal falava
ele disse que era dele
que tinha comprado ela
mas que já não lhe servia
inventou de emprenhar
logo no primeiro dia

(nem precisava dizer
a senhora fez com a mão
o tamanho da barriga
não tinha como esconder)

o velho sofria de angina
não podia nem saber
quanto mais se incomodar

o homem roubou o que tinha
disse que logo sumia
que ia subir a serra
para esconder o crime
odioso com a menina

a senhora chorou
não pude ter pena
da sua dor
pensava apenas no nome
Judite
um nome de mãe

finalmente
uma Judite que a vida
preferiu decapitar

O nome me deu um alívio
um alento salvador
quem tem nome vira gente
minha mãe que eu não conhecia
naquele exato momento
ganhava corpo e verdade

Judite

tive vontade de matar o homem
tive vontade de acusar seu nome
tive vontade de gritar ao mundo
mas aquele mundo ali
sabia tudo
e nada pôde
o senhor morto
morreria
a senhora simples

mãe também
avó que eu nunca teria
pediu implorou orou
propôs ficar com a moça
cuidava daquela barriga
criava até a criança
ninguém precisava ver
depois o filho viria buscá-la
quando quisesse
(ela sabia que o filho
logo esquece o desejo
nunca se prende a nada
não é fiel nem a si mesmo)
mas ele levou
à força
a tola fraca calada
disse que era dele a moça
e sumiu
sumiu sem mais

Tive vontade de matar seu mundo
de gritar seu nome

de acusar o homem
degradado no sofá
mas só consegui dizer
para a senhora perplexa
Eu vim dele, eu sou dele
Eu nasci de Judite
E dele
Ela me deixou por ele
Ele me matou por ela
Eu sou o que restou dela
O que ele não roubou dela

(no segundo ônibus
de volta à pensão
tive vergonha
de sair com passos firmes
sem dar adeus ou consolo
depois de dizer tudo isso
a uma velha tão fraca
com um marido tão morto
e um filho tão canalha)

A senhora ao menos disse
onde enterraram Judite.

amanhã

A senhora
a que seria minha avó
se eu tivesse tido um pai
me lembrou a mãe
a mãe que eu conheci
e que me espera no sábado

ela me lembrou de uns versos
anos mais tarde, recordo agora, cresceu-me uma
pérola no coração, mas estou só, muito só, não tenho
a quem a deixar.

O cemitério é pequeno
a avó que eu não conheci
pediu desculpas por isso
disse que é lápide simples
e nem tem o nome dela
mas Judite está dormindo
no leito onde acomodaram
os restos dos pais da senhora
(ao menos em morte
ela disse
a menina desfrutaria
de carinho de família)
diz também rezar por ela
quando lembra da infância
como se Judite fosse
uma irmã levada cedo
para o reino do Senhor

Trouxe flores
camélias brancas
e tentei
orar por uma mãe ausente
que por anos incansáveis
amei como quem caminha
no lodaçal mais espesso

Oremos: Lembrai-vos
ó puríssima
Virgem Maria
que nunca se ouviu dizer de alguém
dos que recorrem à Vossa proteção,
imploram por Vosso bendito socorro,
que fosse por Vós desamparado.
Confio em Vós,
Virgem
entre todas singular,
e do peso dos pecados
que nunca cometi
— nem o de prometer
o que não iria entregar

nem o de roubar
o que já não era meu
nem o de ser
o que sou
por ser e não ter escolha —
eu me ponho aos Vossos pés.
Ó Mãe do Filho de Deus,
peço apenas
paz para as minhas mães.
Peço desculpas
por não ter vindo aqui antes
morando ali na pensão
tão perto eu sei
tão bonita
que é a Vossa casa
amém.

Eu me lembro da minha mãe
que me espera em casa
e da mãe do meu pai
homem
mais fiapo que o pai

e vejo
que há mulheres que amam
amam tão completamente
que cresce mesmo uma pérola
no lugar do coração

um dia

Um dia
talvez eu conte
para a mãe que eu conheci
o que vi
o que vivi
o que aprendi sobre os homens
o que sou e o que gosto
do que me deram os anos
passados na sua ausência

Talvez mostre
estas palavras
ou talvez deite no seu colo
e suspire como uma velha
que cultiva em um quarto escuro
uma árvore seca e morta
que ela amará até o dia
em que nem lembrança brote

Ai, palavras, ai, palavras,
que estranha potência, a vossa!
ai, palavras, ai, palavras,
sois de vento, ides no vento,
no vento que não retorna,
e, em tão rápida existência,
tudo se forma e transforma!

As palavras ajudam
a dar sentido a tudo

Lembrei agora
foi Orlando
quem disse no meu ouvido

Não escrevemos só com os dedos, mas com a pessoa inteira. O nervo que controla a pena enrola-se em cada fibra do nosso ser, trespassa o coração, perfura o fígado.

O que escrevi
saiu do ventre
perfurou meus dedos
explodiu meu cérebro
enroscou-se nas letras
abriu meu corpo
de cima a baixo
e mostrou
para você
sem medo
você sem medo
quem eu sou
quem é Merci

Queria muito saber
quem você me enxergou

Gostou do límpido espelho?

merci

é dedicado a quem
não tem vergonha de ser o que é
não tem culpa de ser o que é
não tem medo de ser o que é
não esconde a delícia de ser o que é

é dedicado ao meu filho Gustavo,
que me permite ser quem eu sou

é dedicado a Lourenço Moura,
amigo escritor e "cúmplice literário"

Merci

nasceu do apoio dos meus primeiros leitores, os escritores Ana Baggioto e Lourenço Moura, cujo entusiasmo alimentou a coragem de publicar este livro. Também nasceu do apoio dos meus alunos e amigos que, em uma leitura aberta de algumas páginas iniciais, reforçaram o mesmo incentivo a que este livro viesse a público: Brigida De Poli, Céu Passos, Dedé Ribeiro e Renato Mendonça

nasceu da centelha acesa pelos mestres que eu jamais deixarei de agradecer: Graça Nunes, Luiz Antonio de Assis Brasil e Luís Carmelo

nasceu da confiança dos meus editores, Rodrigo Rosp e Gustavo Faraon, e da torcida do meu amigo escritor Eduardo Krause, de que este livro merecia chegar aos leitores

A todos eles e a quem me lê, que me dá força e coragem para continuar escrevendo, meus agradecimentos comovidos

Os trechos citados neste livro foram retirados das seguintes obras:

> *Preciso ser um outro (...)*
> *Identidade*, Mia Couto

> *De manhã cedo, quando voltava da cidade,*
> *Jesus (...)*
> *Evangelho segundo Mateus*, 21:18-19.

> *Sinto hoje a alma cheia de tristeza! (...)*
> poema *Neurastenia*, Florbela Espanca

> *Ela viveu como pecadora, (...)*
> *A dama das camélias*, Alexandre Dumas Filho

E às vezes, cantais uivando (...)
poema *Balada do mangue*, Vinicius de Moraes

Temos que rir. (...)
As criadas, Jean Genet

Os amantes das prostitutas (...)
poema *As queixas de um Ícaro*, Charles Baudelaire

Senhor Deus dos desgraçados (...)
poema *O navio negreiro*, Castro Alves

Anos mais tarde (...)
poema *Há de flutuar uma cidade no crepúsculo da vida*, Al Berto

Ai, palavras, ai, palavras (...)
poema *Romance das palavras aéreas*, Cecília Meireles

Não escrevemos só com os dedos,
mas com a pessoa inteira (...)
Orlando, Virginia Woolf

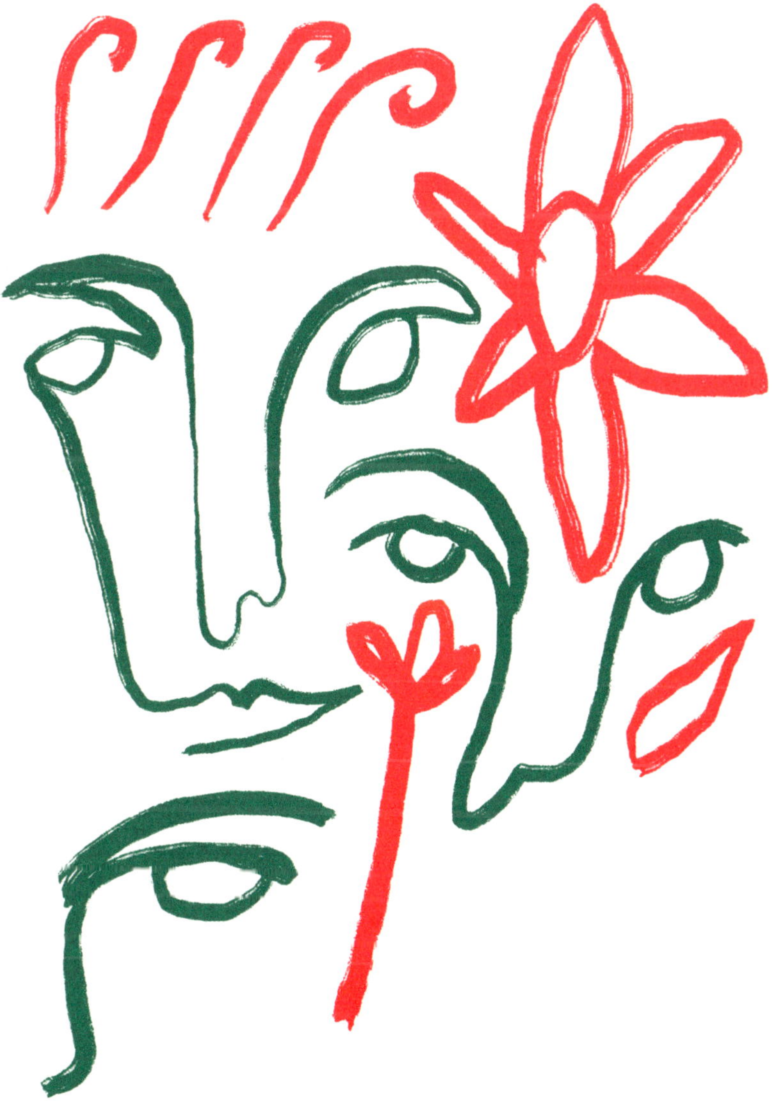

Copyright © 2024 Robertson Frizero

CONSELHO EDITORIAL
Eduardo Krause, Gustavo Faraon, Luísa Zardo,
Nicolle Garcia Ortiz, Rodrigo Rosp e Samla Borges
PREPARAÇÃO
Samla Borges
REVISÃO
Evelyn Sartori e Rodrigo Rosp
CAPA E PROJETO GRÁFICO
Luísa Zardo
FOTO DO AUTOR
Alexandre Alaniz

DADOS INTERNACIONAIS DE
CATALOGAÇÃO NA PUBLICAÇÃO (CIP)

F921m Frizero, Robertson.
Merci / Robertson Frizero.
— Porto Alegre : Dublinense, 2024.
96 p. ; 19 cm.

ISBN: 978-65-5553-119-0

1. Literatura Brasileira. 2. Romance
Brasileiro. I. Título.

CDD 869.937 • CDU: 869.0(81)-31

Catalogação na fonte:
Eunice Passos Flores Schwaste (CRB 10/2276)

Todos os direitos desta edição
reservados à Editora Dublinense Ltda.
Porto Alegre • RS
contato@dublinense.com.br

Descubra a sua próxima
leitura na nossa loja online

dublinense .COM.BR

Composto em DOLLY e impresso na BMF,
em PÓLEN BOLD 90g/m² , no OUTONO de 2024.